AMÉDÉE GOUBET

FABLES LOCALES

CANNES

IMPRIMERIE ET LITHOGRAPHIE H. VIDAL, RUE BOSSU.

—

1878.

AMÉDÉE GOUBET

'ABLES LOCALES

———◆———

CANNES

IPRIMERIE ET LITHOGRAPHIE H. VIDAL, RUE BOSSU.

—

1878.

AVERTISSEMENT

Le public qui lira ces fables y trouvera peut-être, çà et là, quelques petites incorrections qui, du reste, ne m'ont pas paru assez sérieuses pour m'empêcher d'imprimer en quelques exemplaires, ce petit volume auquel je me propose de retoucher plus tard.

On sera donc triplement indulgent à mon égard, lorsqu'on pensera : que l'on ne doit exiger la perfection d'aucune créature humaine ; que je reconnais moi-même l'imperfection de l'œuvre ; que j'ai été jusqu'à faire 20 de ces fables dans une semaine ! et 5 dans une journée !

Amédée GOUBET.

Cannes, Novembre 1878.

Le Lierre et le Charme

Laisse-moi ! laisse-moi ! de grâce !
Ah ! je meurs ! de l'air ! de l'espace !
Disait un charme qu'étouffait
Un lierre qui le dominait.
— Allons donc ! répondit le lierre
Ne vois-tu pas que sur la terre,
Où tu n'est guère trop *charmant*,
Je suis ton plus bel ornement ?
— Et que m'importe ton feuillage,
S'il ne m'est qu'un désavantage !
Au reste, tu m'avais promis
Que tes fleurs ainsi que tes fruits
Me seraient plus utiles
Que futiles.
Mais ton fruit et ta fleur
M'empoisonnent !
Tes *rejetons*, horreur !
M'emprisonnent !
Ton voisinage, enfin, n'apporte que malheur !
Oh ! tu m'avais trompé ! de grâce !
Laisse-moi ! oui, quitte la place !
— Il est trop tard !

Dit le lierre, de toute part
La mort t'environne !
Mais, sur ma foi,
Console-toi,
Sur tes mânes je veux former une couronne.
— Fatalité ! voilà le comble de l'affront,
Répond le charme, dont le front
S'enflamme de colère.
— Ah ! ah ! quoi ! maintenant, cette altière pudeur !
Ces vains regrets ! cette douleur !
Dit le lierre,
D'avance ne savait-tu point
Que je suis nuisible en tout point
Aux amis ayant l'imprudence
De s'attacher mon existence ?
Que toujours, pour mieux me nourrir,
Mon étreinte les fait mourir !

Prenez bien garde au parasite
Qui n'est doué d'aucun mérite,
Et ne songe qu'à vous ronger
En feignant de vous protéger.

La Babel de Cannes

Dans un pays charmant et que chacun admire,
Près d'une mer d'azur, sous un ciel sans pareil,
Dans la douce chaleur d'un bienfaisant soleil,
    A Cannes, puisqu'il faut le dire,
        Un peuple généreux
    Loin du ciel était presque heureux.
    Tous les grands seigneurs de la terre
    Y portaient leur fortune entière.
    Pour honorer ces vrais amis
    Et s'offrir des plaisirs permis,
On voulut élever sur la place publique
        Un théâtre magnifique.
Ce qui fut dit fut fait ; mais avant de finir
      La jalousie osa venir
      Y porter la misère,
      En jetant sur la pierre .
Les ouvriers vivant du fruit de leur labeur.
Dans leurs rangs, ce ne fut qu'un long cri de douleur:
Le peuple tout entier, indigné de l'affaire,
      A peine contint sa colère
De voir que par envie on avait arrêté
      Le cours de sa prospérité.

Mais bien souvent l'oubli, plus encor l'habitude,
Nous font supporter tout sans trop d'inquiétude ;
Voilà pourquoi chaque mortel
Passe devant notre Babel
Sans se demander si tant d'argent, tant de peine,
Tant d'espoir et tant de prospérité certaine,
Seront à jamais engloutis
Sous ces murs à moitié bâtis !

Souvent le trop de confiance,
Qui conduit à la négligence
Au sein de la prospérité,
Nous cause un regret mérité.
Les Cannois percevront l'essence
De cette vérité.

Les deux Conseillers.

Une grande famille avait comme tuteur
Un homme jeune, ardent, savant et plein de cœur,
      Pris au sein même
    De cette famille qu'il aime.
Chacun à lui pouvait sans crainte se fier,
Car pour tous il aimait à se sacrifier.
Tout pour vous rien pour moi, dans la moindre
    Telle était sa devise.   [entreprise,
Il était adoré de tous les siens, pourtant,
L'un d'eux, alléché par l'amorce de l'argent
    Et poussé par la jalousie,
    Leur dit d'une voix presque amie :
« Mes bons enfants, je m'étonne vraiment
    De vous voir si nonchalamment
    Confier le soin du ménage
A cet homme qui s'en croit un grand personnage,
    Et même n'a jamais compris
Que l'on n'est point prophète en son propre pays.
Allons donc ! rejetez son étrange manière
De vous conduire ainsi toujours dans même ornière.
    Rien ne vaut mieux assurément
    Que le plus fréquent changement,

N'eût-il que pour seule manie
De chasser la monotonie,
Et de permettre aux capitaux
De s'ouvrir des courants nouveaux.
Toujours le même à même place,
Enfin de compte, ça vous lasse.
Vive le changement ! oh ! oui,
Rien n'est mieux de mode aujourd'hui. »
Trop de bonheur nuit, est fatal à la sagesse ;
Cela se rencontre sans cesse ;
Aussi le faux frère fut écouté
Et même son conseil fut fort goûté.
On rejeta l'enfant de la famille ;
Comme on sait que le nouveau toujours brille,
On fit venir un étranger
Qui ne sut rien moins, pour changer,
Que jeter parmi les affaires
Du retard ou force misères.
La famille, en sa honte et sa confusion,
Déplore en secret sa trop ingrate action ;
Mais le faux frère ayant trompé sa confiance
S'en moque bien, il a reçu sa récompense.

Le sage doit toujours garder avec grands soins,
Sous peine de regrets, l'homme apte à ses besoins.

De ce conseil qu'ici j'expose
Les Cannois savent quelque chose.

Les deux Chiens et le Bandit

Un chien de garde sagement
Veillait sur un endroit charmant,
Tandis que, dans le voisinage,
Rongés du désir de haine et de gaspillage,
Un bandit, puis un autre chien,
Surveillaient de près le gardien.
Le malfaiteur, au jour propice,
Près du chien de garde se glisse
Et lance son dogue sur lui,
En l'aidant de tout son appui.
Le chien de garde dut enfin céder la place ;
Il sut se retirer la face
Sans tache ; il avait aux blessures échappé ;
Mais le boule-dogue en resta tout éclopé ;
Et, dit-on, la gloire
Que cette victoire
Injuste lui rapportera,
C'est que bientôt il en mourra.
Et quant au malfaiteur et sa suite effrénée,
Ils sont maîtres de la maison abandonnée,
Y vivant vite grassement
De peur d'un trop prompt changement.
Et l'auteur de cette misère
S'en réjouit beaucoup derrière.

Le méchant n'a de seul bonheur
Que quand il produit le malheur.

L'Ane et son Bienfaiteur

Un âne égoïste, impudent,
Se faisait passer pour la science profonde
Parmi certain monde.
Certes, ce n'était pas l'âne de Buridan ;
L'âne de Balaam ne lui ressemblait guère
Sur les respects qu'on doit au maître de la terre.
Bref, même par les siens cet âne était traité
De véritable âne bâté.
Toutefois, son audace à la troupe était chère,
Car c'était son bouc émissaire.
Or, il advint qu'un jour certain sage inquiet
Du mal que le baudet faisait sans aucun doute,
Le cingla de coups de fouet,
Pour le conduire enfin dans moins fatale route.
Le roussin répondit
Sitôt au bienfaiteur, non par une accolade,
Mais par une affreuse ruade
Et le maudit.

Pour le méchant en bien faites merveille,
Il sera loin de rendre la pareille;
Cela se sait, et ça n'étonne pas.
Mais dans ce cas la constance quand même
Prouve d'un cœur la bienfaisance extrême.
Au journalisme ainsi qu'en tous états
Cela se voit à chaque pas.

Le bon méchant

Un méchant quelque peu tranquille
Avait manqué
D'être piqué
Avec la pointe.... d'une aiguille.
Il en rougit, il en pâlit ;
Son épouvante
Fut si puissante
Qu'il en courut se mettre au lit.
En croyant rendre l'âme,
Il appela sa femme
Et ses enfants,
Afin que des derniers moments
Ils vinrent l'arracher aux terribles tourments.
Mais leur présence
A sa souffrance
Hélas ! ne suffisait pas,
Car ils ne pouvaient point l'arracher au trépas.
Se décidant alors à suivre une autre route,
Le citoyen
Prit le moyen
D'appeler Dieu, coûte que coûte.
— O ! Dieu, dit-il,

Je vous en prie,
Sauvez ma vie
De ce péril!
Oui, je veux être
Le plus fervent,
Le plus constant
De tous ceux ayant le bonheur de vous connaître,
— Ces démonstrations, mon fils,
Répond Dieu, viennent de la crainte et la souffrance,
Eh! mais, n'as-tu plus souvenance
Qu'hier tu m'accablais eucor de tes défis!
— Ah! mon Dieu! j'étais ivre
Des accès
Du succès,
Et puis, n'était-ce point mon seul moyen de vivre?
Au reste, chacun sait fort bien
Qu'en tout je ne suis qu'un vaurien;
Et des mensonges que je conte
Personne ne tient compte.
Mais si j'ai péché contre vous
Me voici repentant, Seigneur, à vos genoux!
Pardonnez à ce fils rebelle!
Epargnez-lui la mort cruelle!
— Tu veux donc vivre, répond Dieu?
— O! oui Seigneur, en quelque lieu
Que ce soit, je vous prie,
De grâce! laissez-moi la vie!
— Tu vivras! —

A ces mots, se croyant hors de tout embarras,
    Ce bon méchant, l'âme entraînée,
       S'élance de son lit,
          Et finit
Ce drame étrange par une danse effrénée.
    Mais Dieu l'arrêtant aussitôt :
     — Tu vivras ! mais tu seras comme
       Une bête de somme ;
        En somme,
Pour montrer de l'impie à tous le triste lot,
Tu passeras pour un grand imbécile, un sot.
       Ainsi ta vie
       Sera remplie.
    — O mon Dieu ne faut-il que ça !
Je serai tout ce qu'on voudra !

Toute créature sur terre
A sa mission nécessaire.
Le sot même est sage s'il sait
La remplir sans aucun regret.

Le Siffleur

Dans la société, cercle, bal ou théâtre,
Enfin, dans la famille, au coin même de l'âtre,
    Il est un éternel rageur
    Que l'on peut appeler siffleur.
    Difforme de l'intelligence,
    Il transpire de suffisance,
    Et jamais il n'a pardonné
A celui qui n'est pas ainsi que lui borné.
Son esprit contrefait, faux, lâche, sans vergogne,
Est semblable à celui d'un fol ou d'un ivrogne.
        Bref, l'imbécillité
Est le moindre défaut de cet esprit gâté.
Le siffleur ne pourrait faire le sacrifice
De s'incliner devant le bien ou la justice.
A Cannes, nous avons cet oiseau de malheur
        Qu'on appelle siffleur.
Demandez pourquoi son entêtement de mule
        A se rendre ainsi ridicule
En sifflant, et quand même, envers et contre tous,
        Quoi que ce soit écrit par vous :
        — C'est que, dira-t-il, toute chose
Faite par autre que moi, poésie ou prose,

Est affreux,
Et je veux,
Puisque je n'en puis autant faire,
Décharger toute ma colère
Sur quiconque prétend à s'élever plus haut
Que moi ; dussè-je même en passer pour un sot.

Dans ce monde,
Où tout gronde,
Le bien fait murmurer le mal ;
Le faux du vrai crache à la face ;
L'ignorant, le fou, le banal
Grognent quand l'homme d'esprit passe ·
Il n'est tel ennemi du bien
Que celui qui n'y comprend rien.

Le Maître et l'Ouvrier

Sans peur de me tromper, ici d'abord j'affiche
Qu'ici-bas le travail est, entre pauvre et riche,
　　　Le plus parfait lien ;
De la société, c'est l'unique soutien.
Pour l'administrateur, la seule et grande affaire
　　　C'est d'occuper le travailleur ;
Celle de l'ouvrier, d'autre part, c'est de faire
Ses efforts afin d'en tirer quelque labeur :
　　　Là, de tous deux est le bonheur !
　　　— Un beau jour d'un pays le maître,
　　　Par caprice soudain vint mettre
　　　Les bons ouvriers aux abois,
　　　En les chassant tous à la fois.
Tout vrai maître aurait dû les avertir d'avance,
Et même s'occuper des moyens d'existence
　　　De tous ces malheureux sans pain,
　　　Ou tout au moins les plaindre un brin.
Nenni ! Le maître avait de quoi soigner sa vie,
　　　Et du diable ! s'il eût envie
　　　De vouloir connaître jamais
Ce que deviendraient ces va-nus-pieds désormais !
　　　Il eut bien tort, car la misère

Les mit contre lui-même en guerre ;
Par les uns il fut débiné
Et par les autres ruiné.
Comme il déplorait sa fortune,
L'un d'entre eux lui dit sans rancune :
Vous fûtes bien dur envers nous,
Nous sommes les mêmes pour vous ;
Si notre moyen est extrême,
Ne vous en prenez qu'à vous-même.

Maître, faites votre devoir,
Et vous serez certain de voir
 A votre suite,
En imitant votre conduite,
L'ouvrier accomplit le sien ;
Le bien toujours conduit au bien.

Les deux Journalistes

De deux humaines créatures,
L'une était noire de souillures
Et dominait par l'embonpoint ;
L'autre ne lui ressemblait point.
Pourtant tous deux vivaient, ce semble,
D'un pain qui fait qu'on se ressemble.
Quelqu'un s'étonnait de ceci,
Quand on lui répondit ainsi :
S'ils ont pareille nourriture,
Ils ont différente culture,
Et si l'un des deux est si gras,
C'est qu'il met les pieds dans les plats.

Le Limaçon, le Cafard et la Rose

Un cafard — on le sait, le cafard est craintif —
        Fuyant à travers un massif,
Accrocha bêtement la branche d'une rose,
        Dont il emporta quelque chose
            Qui lui fit un mal
                Infernal.
On demandera si c'est dans l'œil ou le ventre,
            Mais, cela n'entre
                En rien
            Dans notre entretien.
Toujours est-il qu'après cette mauvaise affaire
        Qui le rendait fou de colère
                Le cafard,
                Par hasard.
Rencontre un limaçon, lequel marchait la corne
        Raide comme une borne.
Etait-ce défense, ou chauge donné parmi
        Tous ses voisins, parent, ami ?
            Qu'importe !
Nous n'avons rien à voir dans choses de la sorte.
Bref, le cafard loua de si tendre façon
        Les cornes du gel limaçon

                                3

Que ce dernier, dont la prudence
Lui faisait rentrer sa défense
Au moins sérieux embarras
Qui venait surgir sur ses pas,
Du malheureux cafard voulut venger l'outrage.
Armé donc d'un certain courage,
A la rose il vint à son tour
Avec espoir de la terrasser sans retour.
Il en reçut si grave injure
Que son ami s'en crut guéri de sa blessure.
L'aveugle limaçon, ainsi que le cafard,
Hélas ! se rappela trop tard
Ce proverbe pratique :
Qui s'y frotte s'y pique !

L'Ingratitude humaine

Un homme dont l'impudence
Le mettait en évidence,
Etait malhonnète et faux,
Et les plus affreux défauts
Décoraient son existence.
Pourtant il ne manquait pas,
Pour le tirer de l'ornière,
D'un maître juste et sévère,
Le suivant à chaque pas.
Malgré ce bienfait immense,
Vrai don de la Providence,
Notre homme ne pouvait point
Le souffrir en aucun point.
Et même il prit l'habitude
De pousser l'ingratitude
Jusqu'au point d'oser aller
A lui-même l'égaler.
— Mais ta mauvaise conduite,
Disait un de ses amis,
Vois-tu, ça n'est pas permis !
— Eh ! mais, mon ami, j'imite

Mon maître, lui répond-il,
— C'est un prétexte fort vil,
Reprit l'autre, car, sans doute,
Jamais dans pareille route
Ton bon maître n'a marché ;
Je ne serais pas fâché,
Moi, de voir semblable chose.
— Ah ! dit le méchant, je n'ose
Gager que vous le verrez ;
Et, du reste, vous saurez
Que parfois il me conseille
Si triste chose à l'oreille,
Que jamais je n'oserais
La dire, et je parierais
Qu'il l'a réellement dite,
Bien qu'il ne l'ait pas écrite. —
L'autre ne fut pas tenté
D'en chercher la vérité,
Sachant que la jalousie
Ne souffle que calomnie.

Chez tout mauvais citoyen
Aimant son genre de vie,
La plus constante manie,
C'est de chercher le moyen
D'accabler de sa poursuite,
En l'accusant d'inconduite

Celui qui, sans ménager,
Fait tout pour le corriger.
L'homme pour l'ingratitude
Prime l'âne; d'habitude
L'un paraît fort satisfait
D'un coup de pied; l'autre fait,
De plus, par l'intelligence,
Tout le plus grand mal qu'il pense.

Le Cygne et le Porc

Un certain porc qui, dans sa vie,
N'avait jamais eu que l'envie
De patauger
Dans la boue, et de goberger
A la bouche
De nos égouts avec certains de même souche,
Se promenait un jour
Un instant seul autour
D'un bassin d'eau lympide
Où, d'un air intrépide,
La voile au vent et l'œil au guet,
Un brillant cygne naviguait.
N'était-ce pas assez pour que cela fit naître
Le désir ardent
A ce descendant
Du compagnon de Saint-Antoine, de commettre
L'imprudence de s'élancer
Dans le bassin pour s'efforcer
De s'élever à la position insigne
Du cygne ?
Mais le pauvre animal eut beau
Faire ses efforts pour se maintenir sur l'eau
Il fallut périr. A l'heure de l'agonie

L'infâme jalousie

Vint lui prêter

Le plan indigne

De tenter

De noyer avec lui le cygne.
Il fit tous ses efforts pour jeter force d'eau
Sur l'innocent oiseau.
Rien n'y fit. — On sait que sur la plume polie
Du cygne, l'onde glisse ainsi
Que sur un cœur pur, sans souci,
Sans causer aucun mal glisse la calomnie. —
Et le porc mourut seul avec son désespoir.
Il aurait dû pourtant savoir
Que la place du cygne est dans l'eau sans mélange
Et qu'un porc ne peut que se vautrer dans la fange.

Le Rat et les Abeilles

Un rat, que son effronterie
Rendait fou de forfanterie
    Parmi les chœurs
De ses idiots admirateurs,
Osa venir faire la bûche
Près de la bouche d'une ruche,
    Où, sur l'instant,
On sut le payer au comptant.
Les abeilles, comme on le pense,
Avec leur terrible défense,
    Eurent bientôt
Etendu là mort notre sot.
Comme son corps, à la lumière,
Empestait cette ruche entière,
    On prit le soin
De l'ensevelir dans un coin.
Pour l'empêcher de jamais nuire,
On lui fit un tombeau de cire.

Dans l'oubli l'on n'est pas mieux mis
Que par ses propres ennemis.

Le Crapaud et le Ver-luisant

Un crapaud, le plus sale au monde,
Jetait sa bave impure, immonde,
A la face d'un ver-luisant,
Quand quelqu'un lui dit en passant :
« Mais cette aimable créature
Ne te fait rien pour telle injure ! »
Le crapaud réplique avec bruit :
« Ah ! Il ne me fait rien ??!! Il luit !!!

La tache d'huile

Un beau jour, un pauvre rencontre
Un ami portant une montre
Qu'il avait volée autrefois
Et l'apostrophe ainsi : je crois
Vraiment qu'au prix que ça te coûte,
Tu devrais bien avoir sujet
De te flatter de cet objet.
L'autre lui réplique : sans doute
C'est un brillant objet, d'accord
Hélas ! si tu savais mon sort,
Toute la crainte qui m'obsède,
Depuis lors que je la possède,
Tu trouverais que le bonheur
N'est jamais connu du voleur.
— Eh ! pourquoi ne rends-tu la chose,
Si tu vois, comme je suppose,
Qu'elle ne te fait que du mal ?
— Oh ! ton conseil est bien banal !
Cela n'est qu'un demi remède ;
Puis, ce que par vol on possède,
Plus ça vous cause de tourment
Et plus on y tient fermement.
— Mais, quels doivent donc sur la terre

Être les soucis, la misère
De celui qui ne mange et boit,
Qui ne touche et même ne voit
Que des choses portant la trace
D'actes que jamais rien n'efface,
Quelque part qu'on soit retiré !
Dire l'effort désespéré,
La somme d'esprit, de souplesse
Que l'on doit dépenser sans cesse,
Pour pouvoir passer la couleur
D'une certaine ombre d'honneur
Sur un passé plein de menace
Et dont le souvenir vous glace,
Est chose impossible, vraiment.
A voir le besoin incessant
Du trop ridicule artifice
De s'écrier à l'injustice
Quand quelqu'un tente à révéler
Des actes qu'on tient à voiler,
Qui pourrait s'empêcher de dire
Que cette vie est un délire,
Et que l'injuste possesseur
Ne peut connaître le bonheur ?

Dans notre existence
Une tache immense
Peut nous rabaisser,
Et pour l'effacer
Tout est inutile ;
C'est la tache d'huile.

Les Moutons

Des moutons, bêtes d'innocence
Et trop remplis de bonne foi,
— Il n'est pas toujours bon d'en avoir trop en soi ;
Trop de ces qualités étouffe la prudence.—
Donc ces moutons
Etaient trop bons.
Ils vivaient d'une quiétude
Si grande, que la lassitude
Les saisit.
On choisit
Le plan hardi de se défaire
De la trop antique manière
De se donner comme gardiens
Des chiens.
On chassa la troupe fidèle,
Et l'on prit à la place d'elle
La gent loup
Qui, de longtemps, offrait beaucoup,
Beaucoup bien plus de garantie
Sur la vie.
La confiance, hélas !
Ne se prolongea pas ;

Car, au bout d'un quart d'heure,
La tranquille demeure
Fut sens dessus-dessous,
Et les voraces loups
Sans aucune grâce écorchèrent
Tous les moutons qu'ils ne mangèrent.
Vous raconter ici
Le douloureux souci
Des chiens, en voyant cette scène
De rapine, vengeance et haine ;
Quelle fut toute la douleur
Du troupeau frappé de terreur
Est inutile ;
Il est facile
De deviner spontanément
Que tous prièrent instamment
Les chiens de leur faire la grâce
De reprendre la place.

Ce ne sont que les plus amers
De nos revers,
Et les plus affreux coups d'orage
Qui rendent sage.
Le bonheur complet est fatal ;
Pour en connaître
Tout le bien-être,
Il faut aussi goûter au mal.

Le Singe et le Poëte

Certain jeune poëte avait pour voisinage

Un singe, dont le seul ouvrage

Était parodier toutes ses actions

Par d'affreuses contorsions.

Un jour que le poëte écrivait une fable,

Le singe saisit sur la table

Une plume et se mit en devoir de tenter

De l'imiter.

Mais les vers, on conçoit, ne coulaient pas de source ;

Poëte et singe n'ont pas la même ressource.

Et le singe perdant bientôt

Patience, fut assez sot,

Pour punir sa verve tardive,

De briser sa plume rétive :

Ce fut son tort !

Souvent l'impatience aggrave notre sort,

Quand ce n'est pas l'envie

La jalousie,

Ou l'orgueil.

Bref, de plume un éclat lui rejaillit dans l'œil.

Cet accident le rendit borgne,

Et l'on dit que depuis il lorgne.

Certains prétendent qu'il en devint enragé ;

Il n'avait pas changé.

Laissons donc à chacun sa valeur et sa place

Le talent au poëte, au singe la grimace.

L'Honneur

Une existence remuante,
Une inconduite un peu savante,
Puis un langage dégoûtant
D'un caractère repoussant,
C'est, dans une belle contrée,
La manière presque assurée
D'avoir certain genre d'honneur
Au milieu de gens sans valeur,
Lesquels — ainsi cela se passe
Toujours — croient avoir sur la place
Le plus droit au respect de ceux
Qui valent mille fois mieux qu'eux.
Tant que ce rêve de leur vie
N'est qu'au simple état d'utopie,
On n'en fait que rire beaucoup,
Car on ne ressent pas le coup
De l'application mortelle
De toute sa force réelle ;
Et ces gens ne sont bien connus
Qu'enfin quand ils sont parvenus.
La ressource fort simple et sûre
De bien s'assurer de l'effet

De toute médecine, c'est
De se l'appliquer sans mesure
Par le moyen le plus complet.
— Un homme avec tout l'entourage
De son passé, triste bagage,
Un certain jour s'était jeté
Au milieu d'un centre agité.
Avec le scandale et l'esclandre,
Il trouva moyen de se rendre
Le chef de tous ces mécontents,
Qui n'attendaient que les instants
De s'imposer au reste, comme
Pourrait seul faire un honnête homme.
Le moment vint où l'on vit bien
Que dans ce bas-monde il n'est rien
De plus ardu que de paraître
Un homme sérieux sans l'être,
Et que si parfois les badauds
Savent rire avec les lourdauds,
Et même se mettre à la suite
D'un homme de peu de conduite,
Ils ne sauraient point supporter
Que tel homme ose aussi tenter
De parler vertu, qu'il étale
Même des leçons de morale.
Notre homme donc tomba du jour
Qu'il voulut s'élever ; ce tour

Vient à la personne imprudente
Qui bâtit sur terre glissante.

L'honneur est toujours mal placé
Elevé sur mauvais passé.
C'est un monument qui s'écroule
Et toujours dans l'abime roule
Avec son imprudent auteur,
Dès qu'il atteint quelque hauteur.

Le mauvais Cuisinier

Une famille ayant voulu mettre en pratique
Dans ses coutumes les mœurs de la république,
       Consulta sur ce sujet grave,
       Afin d'éviter toute entrave,
Ceux qui, disant qu'ils ont ses affaires à cœur,
S'offraient de la conduire au plus parfait bonheur.
       L'un leur dit : Je vous propose,
       Comme la meilleure chose,
De vous la servir à l'huile, au ravioli.
       L'autre dit : Je conseille
       De la mettre à l'oseille,
Aux câpres, au vinaigre et puis à l'aïoli.
       Cette sauce est un peu piquante
       Mais, que diantre ! il faut qu'on la sente ;
Tant pis pour qui ne peut pas s'y habituer,
       Et pour qui ça pourra tuer.
C'est un bien ; il ne faut pas plaindre la victime
Qui ne peut supporter un si parfait régime ;
       Et puis, c'est une occasion
       D'opérer l'épuration.
Le troisième, bien fin, dit : Pour ce qu'il faut faire,
Je suis, moi, de l'avis de mon dernier confrère.
       Le peuple, alors, n'hésita plus ;
       Du radical suivant l'abus,

Il se nourrit de la cuisine
Qu'on lui fit au piquant dans la noire officine.
Il s'en accommoda pendant quelques instants :
Mais, au bout de quelque temps,
On trouva le vinaigre
Quelque peu trop aigre,
Et l'on se vit dessécher tous les jours,
Par ces cuisiniers qui, sans doute, avaient recours
A ressource bien plus féconde
Pour grossir leur ventre et leur trogne rubiconde ;
Bref, chacun avait reconnu
Qu'il était mal entretenu,
Et l'on avait jugé que — chose très certaine —
Il fallait bien changer, sous peine
De mourir de langueur
Par ce régime destructeur.
Et la famille décavée
Etait dès lors presque sauvée ;
Car elle avait assez appris.
On ne doute pas qu'il fut pris
Le moyen énergique
De se nourrir alors par plus saine pratique,
Plutôt que de finir
Par se résigner à périr.

Dans toute affaire stomachique,
Soyez fort prudent, et là, comme en politique,
Du trop grand changement craignez beaucoup l'effet;
Celui qui vous y mène est un être suspect ;
Souvent ce n'est qu'une machine
Pour vivre sur votre ruine.

Le Fermier

Une famille avait une propriété
  Qu'elle avait confiée
Aux soins d'un homme à qui, vu sa sincérité,
  Elle s'était fiée.
C'était un joli poste et plein d'honneur surtout :
  Aussi la jalousie,
— La jalousie est là prête à détruire tout —
  S'en rendit l'ennemie.
  La mégère fit tant qu'enfin,
  Elle put atteindre la fin
  De son affreux dessein.
  La famille, en sa confiance,
  Sans hésiter, prêta croyance
  A sa feinte vengeance ;
  Et l'on chassa comme trompeur,
  L'homme du devoir, de l'honneur,
  Avec un vrai bonheur.
  Il fut remplacé, l'on s'en doute,
  Par l'auteur de cette déroute.
Et ce dernier voulant sitôt que, désormais,
De son prédécesseur on ne parlât jamais,
Que comme on fait d'un homme indigne et méprisable,
  Fit passer comme détestable
  Tout ce qu'il avait fait,
  Même de plus parfait.

Il fit donc aussitôt détruire
Ce que l'autre avait fait construire,
Lorsque quelqu'un lui dit tout bas :
— Mais, ne comprenez-vous donc pas,
Qu'à vos maîtres cette injustice
Cause un sérieux préjudice ?
— Et que me fait à moi cela?
Dit-il, je ne vise pas là.
Je veux qu'il ne reste pas pierre
De tout ce que l'autre a pu faire,
Car mon seul but est de bannir
De ses actes le souvenir.
— Mais, dit l'autre, cette vengeance,
Va vous ôter la confiance
Des maîtres, et vous rendre en tout
Véritable objet de dégout
Pour la totalité du monde !
— Peu m'importe si l'on me gronde,
Si l'on me chasse ou l'on me hait !
Je prétends être satisfait!
Voilà ce que je veux et j'ose :
Quant au reste, c'est peu de chose.
J'en laisserai toujours assez
Pour couvrir mes méfaits passés.

N'accordez votre confiance
Qu'avec une sage prudence.
Les administrateurs
Ne sont pas toujours les payeurs.

Les deux Castors

Pour soutenir leur existence
Et s'acquérir quelque importance,
Deux castors avaient pris un chemin différent.
L'un se donnait l'air apparent
De ne bâtir que pour la gloire.
— Si l'on consulte bien l'histoire,
On verra que, chez les français,
Ce système a son plein succès. —
Mais l'autre castor, au contraire,
Travaillait, comme d'ordinaire
Tout être doit faire ici-bas
Du jour de naissance au trépas.
L'illusion étant moins grande,
Il eut fort peu de propagande ;
Son travail fut donc peu goûté ;
Puis, par l'autre étant maltraité,
Tous se mirent de la partie.
— Pour amuser la galerie,
Il suffit à Guignol de tomber sans merci,
A bras raccourci,
Sur quelqu'innocente victime,
Dont le seul crime

Est de ne pas prévoir le perfide dessein
        De ce gênant voisin —
    Telles étaient les habitudes,
    Lès divergences d'aptitudes
    Et les différents sorts
        Des deux castors.
    Ainsi, l'un à son avantage,
    Captait tout son sot entourage
    Par quelqu'adroit et méchant tour
    A l'autre joué chaque jour.
    Mais ici-bas tout s'use et passe ;
    La foule, d'injustice lasse,
Prit enfin parti pour notre souffre-douleurs
    Et laissa l'autre à ses horreurs.

Quelque soit délicat celui qui l'assaisonne,
Et la finesse de goût, d'esprit qu'il lui donne,
Un spectacle cruel n'est point goûté longtemps,
Et pour son auteur, ces quelques tristes instants
De satisfaction n'engendrent, veuillez croire,
        Qu'un souvenir tout de déboire.

Le Laurier-Rose

A Cannes, ce pays des roses,
Où l'on voit tant de belles choses,
Un certain courant... — Politique ? —
— Non, mais à ce sujet ma fable aussi s'applique —
Un courant d'eau roulant avec quelque rumeur,
De son liquide
Presque limpide
Désaltérait le peuple en approchant sans peur.
Mais le courant que je suppose
Passait au pied d'un laurier-rose,
Lequel, en en transformant l'eau,
Empoisonnait tout le ruisseau.
Au bout de bien moins d'une année,
La population se crut empoisonnée ;
Aussi résolut-on, et d'un commun accord,
D'arracher aussitôt cet instrument de mort ;
Mais les amis de l'arbre et le propriétaire
Ne voulaient pas qu'on le mit hors de cette terre ;
Et le laurier ayant grandi
Contre tous les efforts se tenait fort raidi.
Mais ici la raison, ainsi qu'en toute chose,
L'emporta ; notre laurier-rose,

Enfin, fut abattu
Et le courant rendu
A l'eau limpide de la source.
De nouveau l'on eût la ressource
De boire une eau
Pure au ruisseau.
Mais beaucoup avaient dû supporter la souffrance
De cette infernale puissance
Du laurier, et durent leur fin
A son poison subtil et fin.

Défiez-vous du poison : en pratique,
Dans le ménage, ainsi qu'en politique,
Si l'on n'en meurt pas de l'effet,
On ne s'en tire point parfait.

Le Malfaisant

Un homme que son inconduite,
En certain pays, avait fait
Un être repoussant parfait,
— Débauche, imposture, poursuite,
Jusqu'à son profil de pourceau,
Tout l'avait marqué de son sceau. —
Bref, il faut dire que notre homme
Avait bien l'extérieur comme
   L'intérieur.
   Tout corrupteur
Laisse au moins toujours quelque trace
De ses vices dessus sa face.
Cet être était donc reconnu,
   A l'œil nu,
Comme la plus franche canaille,
En toute chose, un rien qui vaille.
Ce renom lui déplaisait fort ;
Il eut tout-à-coup l'heureux sort
De pouvoir user d'artifice
Pour sortir de ce mauvais pas,
Et dès lors il n'hésita pas
De se faire croire au service,

Lui, du bien et de la justice,
En soutenant l'orgueil jaloux
De moins méchants, mais de plus fous.
Il sut se rendre nécessaire,
Bien que, de cette triste affaire,
Le peuple rit, on le conçoit ;
Et depuis lors, partout on voit,
Prenant au sérieux sa tâche,
Notre homme au bien, qui se rattache
Avec un aplomb qui nous dit
Combien d'audace a le bandit
A commander ; il moralise
Les badauds aimant la bêtise :
Et pour qu'enfin de son passé
Le souvenir soit effacé,
Toujours pressé par la rancune,
Il attaque, sans grâce aucune,
Les gens honnêtes qui, dit-il,
Pour tous sont le plus grand péril.
Il sait fort bien que ce système
Est fatal à la vertu même,
Et que souvent il arriva
Que l'homme innocent se trouva
      La victime
      Du crime
Dont son voisin, le seul auteur,
En rejeta sur lui l'horreur.
      Donc, notre homme

Se dit comme
Un ange envoyé par le ciel
Pour condamner tout criminel.
Et cependant sa tête d'âne,
La manière dont il ricane,
Ses mensonges, ses faux conseils,
Et tous ses actes sans pareils,
Tout cela, sans qu'ils y voient goutte,
Déshonore, avilit, dégoûte
Les plus fidèles de ses gens,
Même les moins intelligents :
Mais lui, croyant remplir la tâche
D'un honnête homme, sans relâche
Se pose comme accusateur
De tous ceux-là qui lui font peur,
Leur rendant la vie impossible
Au pays, ou bien fort pénible.
Sans cesse il creuse et taille ainsi ;
Et, se livrant à sa merci,
Le pauvre peuple qu'il domine
A son déshonneur s'achemine.

Laissez le bandit devant vous
Seulement se mettre à genoux,
Bientôt il sera votre maître,
Et vous le verrez se permettre
De se couvrir de votre honneur
Pour le souiller de son horreur.
Ce n'est pas avec des victimes
Qu'on se rachète de ses crimes.

Les Coureurs de places

Tout vrai coureur de place
Trouve tout moyen bon pourvu que ça se fasse,
Et vous le connaîtrez de près
A son langage avant et son silence après.
Alors, chez cette créature,
Certaine teinte de culture
Paraît avoir presqu'effacé
Souvent le plus affreux passé.
Ainsi l'orgueil, la convoitise,
La jalousie et l'avarice
Peuvent mener spontanément
L'homme au plus hardi changement.
Offrez, par exemple, à certain bon démocrate
D'abjurer un passé, pour se montrer parfait
Légitimiste sous-préfet.
Je veux périr, si le bon démocrate rate
Cette brillante occasion
De changer son opinion.
A Cannes, on voit cette souche
De bimanes, au regard louche,
Aux desseins toujours ténébreux
Et pour les autres dangereux ;

Car tous les trucs de cette engeance
De beaucoup trompent la prudence.
Jamais le peuple malheureux,
Dans son élan trop généreux,
Assez souvent ne se défie
De ces malfaisants citoyens,
Voulant que la fin justifie
      Les moyens.
Ce sont pourtant là ses grands ennemis sur terre,
Malgré ce qu'on lui puisse en ce cas dire et faire.
La fable du renard et la corneille, ainsi
Que du bon paysan se chargeant du souci
      De réchauffer en sa poitrine
      L'affreux serpent pour sa ruine,
      Se reproduisent tous les jours
      Chez nous, et ce sera toujours.

C'est une vérité profonde,
Que les bons, mêmes des méchants,
Nourissent les fatals penchants.
Tant que le monde sera monde,
Malgré les exemples nouveaux,
Les loups mangeront les agneaux.

L'être nécessaire

Je ne veux point parler du régisseur du monde ;
C'est un sujet qui veut une étude profonde ;
        Et puis, je n'ai nullement lieu
        De m'occuper ici de Dieu.
        Le contraire, c'est plus probable
        Et ce serait plus explicable.
    Ceci donné comme éclaircissement,
    J'entre en matière immédiatement :
Dans un cabinet rouge, ou noir, ou blanc, qu'importe,
        Certain être avait fait en sorte
        D'imposer son autorité
        Sur la sombre société,
        Quoique n'ayant guère l'entrée :
La chose clairement vous sera démontrée.
        Tout cercle nourrit bien l'espoir
        D'exercer un certain pouvoir
        Sur toutes les gens qui l'entourent,
        Et ses plus grands efforts concourent
        A satisfaire ce désir
        Dût-il même s'en repentir.
        Mais, pour cette importante affaire,
        Il faut un être nécessaire,

Dieu, diable, qu'importe cela !
Quand le cercle vise au-delà ?
On trouva l'instrument propice,
Un homme grossier, sans malice,
Ignare, injurieux, bénet,
Qui, pourtant, fit au cabinet,
  Un semblant d'importance,
  Lui donnant l'apparence
De quelque chose utile à la société ;
Tandis que ce n'était qu'une fatalité.
On le comprit bientôt, car l'être nécessaire,
  Ne sachant que faire et défaire,
  Se fit mépriser et honnir,
  Au point de se faire bannir
Du sein du cabinet, où toutes ses bêtises
Avaient bien compromis les noires entreprises.
  Mais ce fut vainement,
  Car notre garnement,
  Qui s'était rendu nécessaire,
Autour d'eux s'enroulant ainsi qu'une vipère,
  Les étreignit tellement fort
  Qu'il vint à leur donner la mort.

Dans tout milieu, le choix de l'être nécessaire,
Surtout en politique, est une grosse affaire.
  Là-dessus, soyez forts prudents
  Pour n'en vous mordre point les dents.

Le Chien prétendu stupide

Des gens ayant voulu s'emparer d'un local,
Avaient mis à leur tête un certain animal
  Semblable à la race canine,
  D'une intelligence peu fine ;
  Mais il avait cela de bon
  Qu'il aboyait sur un haut ton,
  Et que sa figure sauvage
  Sur tout son brutal entourage
  Allant en guerre produisait
   Certain effet.
  Il sut se rendre presqu'utile,
  Aussi le fit-on chef de file,
   Et lorsque le jour vint,
   Où la troupe parvint
A s'emparer de son objet de convoitise,
Notre animal commit la maligne bêtise
D'aboyer constamment, à tort et à travers,
  Contre ceux-là que les revers
   Avaient mis hors de lutte.
  Ce n'est pas tout ; la bête brute
   Prétendant,
   Et voulant.

Qu'à lui tout seul revint la gloire
De cette complète victoire,
En maître tenta de poser,
Et même voulut imposer
Sa doctrine animale
A la troupe brutale :
Ce fut sa fin.
Il le savait bien, car l'esprit quelque peu fin
De ses amis qui faisaient mine
De le blâmer pour sa doctrine,
Parce que le peuple songeait
A murmurer à ce sujet,
Saisit cet instant fort propice
Pour jeter l'animal gênant hors de la lice.
Qui veut la fin veut les moyens.
Il lui fut donc offert de bien brillants liens ;
D'or une muselière
Lui ceignit la machoire entière.
Le moyen fut trouvé parfait ;
Le chien même en fut satisfait.
Il n'en voulait pas davantage,
Et c'était là son vrai partage.
De tous lui seul fut le plus sage,
Car, s'il se montra le plus sot,
Le premier il reçut son lot.

Quand on n'a plus de honte un moyen bien facile
D'arriver vite, c'est de faire l'imbécile.

Le serviteur

Certain fat, dévoré du désir d'être maître,
    Aspirait à l'honneur
    D'être le serviteur
De gens auxquels il vint soumettre
Sa demande avec un aspect
Rempli de grâce et de respect.
Il protesta donc tout de suite
De son dévoùment sans limite,
    Promettant
    Sur l'instant
Une passive obéissance
Des maîtres à la moindre instance.
On le crut sincère en ce point,
Et comme l'on ne songeait point
    Que la parole
    Bien souvent vole,
On lui confia, sur ces faits,
Les plus sérieux intérêts.
Hélas ! cet homme ne fut guère,
    Dans cette affaire,
    Si sérieux
    Que vaniteux.

Persuadé que c'était grâce
A sa sagesse que la place
Etait confiée à son soin,
Il ne crut plus avoir besoin
Même d'une juste remarque ;
Seul il voulut guider la barque.
Il ne put que mal la mener,
Et l'on ne doit point s'étonner
Qu'il jeta la famille entière
Dans la plus complète misère.

Les promesses du serviteur,
Trompeuses, pleines de douceur,
Peuvent étrangement surprendre ;
Sage est qui ne s'y laisse prendre.
Le poison qui semble endormir
Nous fait tout bonnement périr.

Hercule reconnaissant

L'honnête homme ne doit en vouloir au critique
Qui, dans son existence, ou privée ou publique,
    L'aura constamment recherché
    Et sévèrement épluché.
Sur eux ses ennemis assurant sa victoire,
Lui donnent les moyens d'arriver à la gloire.
    Nous en offrirons pour exemple
    Hercule que chacun contemple.
    Ce héros de l'antiquité
    Pendant longtemps fut maltraité
    Par Junon, de qui la colère
    L'avait exilé sur la terre.
    Par ses actes il répondit
    A cette injure, et se rendit
    Si digne que, pour récompense,
    Les Dieux voulurent sa présence
        Au milieu d'eux.
        Hercule, heureux,
    Monta sitôt à l'Empirée,
    Et son âme bien inspirée
    Devant Junon vint s'incliner.
    On ne fut pas sans s'étonner

De cet acte de courtoisie
Envers une grande ennemie.
Mais Hercule dit : à Junon,
Qui fut cause de mon renom,
Ainsi que de ma récompense
Ne dois-je point reconnaissance ?
Personne ne répondit rien,
Car Hercule parlait fort bien.

Les méchants ne sont pas à craindre,
Comme veulent bien le dépeindre
Ceux-là dont le cœur n'est
Pas complètement net.

Le méchant même est nécessaire
Près de l'homme de bien pour faire
Connaître sa valeur,
Et le fond de son cœur.

Le Peuple souverain

On dit : *Le peuple souverain.*
Ce mot est d'une erreur étrange,
Car de sens aussitôt il change,
Dès qu'un citoyen a la main
Sur le pouvoir qu'on lui confie,
Et dont il fait ce qu'il envie.
En tout temps, en tout lieu, toujours,
Tout homme au pouvoir n'eut **recours**
Avec autre pensée aucune,
Que de mieux grossir sa fortune.
Afin d'arriver à capter
Le peuple on osera tenter
De promettre monts et merveilles
Et d'employer toutes ses veilles
Et sa santé
Pour sa félicité.
Mais un jour le peuple découvre
Que rien n'a changé,
Et, de plus, l'on trouve
Que ce citoyen et quelqu'autre protégé,
Par le moyen du leurre,
Le peuple souverain,
Ont eu l'œil assez fin

Pour se ménager une existence meilleure.
    Tels sont le but et les moyens
    De ces généreux citoyens.
    Et si, par hasard, on accuse
    L'un d'eux en disant qu'il abuse
    De son pouvoir et qu'il a tort,
    Il prouvera jusqu'à la mort
    Qu'il a fait tout pour ses semblables,
    Que ces soupçons abominables
    Ne sont bien assurément nés
    Que dans cœurs jaloux et bornés.
    Ou bien l'on ne prendra pas même
    La peine, dans ce cas suprême,
        De venir
        Aplanir
    Le doute faux ou vrai, qu'importe,
    Qui pèse lourdement ; en sorte
    Que toujours le peuple trop bon,
    Comme on dit, devient le dindon
        De la farce,
    Ou mieux inconscient comparse.

Le PEUPLE SOUVERAIN, *c'est un affreux canard*
Et dont beaucoup, hélas ! abusent sans égard.
    Le PEUPLE DOMESTIQUE,
En royauté, comme en empire, en république,
    Serait plus juste, assurément.
Nos gouvernants, surtout, le savent pleinement.

Le Semeur

Un homme avait jeté dans une riche plaine
      Une mauvaise graine.
Mauvaise herbe croît vite, et celle-ci grandit
      Plus tôt qu'on ne le dit ;
      De sorte que la bonne plante
      Qui, pour croître est un peu plus lente,
      Fut bien surprise de ce coup,
      Dont elle dut souffrir beaucoup.
Depuis lors, la mauvaise herbe grandit encore,
      Et chaque jour dévore
Le froment que, jadis, un autre avait semé,
      Et dont on l'a blâmé.
      Mais la récolte fut si maigre
      Et le produit tellement aigre,
      Que la plupart des habitants
      En souffrirent pendant longtemps.
Le mauvais semeur en fut puni, comme on pense.
      Cependant, la souffrance
N'en continua pas moins par plus d'un tourment
      A peser lourdement.
      Et depuis lors, la mauvaise herbe
      Croît toujours en épaisse gerbe,
      Et les habitants amaigris

Souffrent dans ce charmant pays·
Que semble menacer l'horreur de la famine,
Qui promptement chemine
Vers ces bords enchantés, dont le bonheur, un jour,
Avait fait son séjour.

Defaites-vous de la dangereuse présence
Du semeur, avant qu'il n'ait jeté sa semence.
C'est un trop mauvais ennemi,
Pour le souffrir jamais parmi
La famille, où tout ce qu'il sème
Ne peut que vous nuire à vous-même.

La valeur d'un mot

Il est des mots, dont l'application,
　　　　Chez une nation,
Par toute gens honnête est rejetée,
　　　　Comme d'une portée
Capable de frapper de déshonneur
　　　　Tout homme de valeur.
Ces mêmes mots sont dignes, au contraire,
　　　　Chez bien d'autres, de faire
Grand honneur au nom des plus exigents
　　　　Parmi les gens.
　　— Quoique l'on vive en république
　　En France comme en Amérique,
　　Le simple nom de citoyen,
　　En France, ne sied pas très bien
　　Même au plus ardent démocrate ;
　　Le mot Monsieur bien plus le flatte.
　　En famille on l'appellera
　　Citoyen tant que l'on voudra ;
　　Ailleurs, il trouve déshonnête
　　Qu'on lui donne cette épithète.
　　Il aime mieux le mot monsieur
　　Surtout devant des gens d'honneur.
　　Du mot citoyen — c'est bizarre —

En Amérique on est avare ;
On tient à l'appliquer surtout
A tout honnête homme partout.
C'est sans doute à sa provenance
Que l'on doit cette différence
De comprendre le même mot,
Chez des peuples ayant bientôt
Même principe d'existence.
Cela tient à la persistance
A lui conserver le vrai sens
Qu'il eut dès les premiers moments.
En Amérique, il prit naissance
Dans la liberté sage, en France,
Il naquit de l'impiété,
L'ignorance et la cruauté ;
Chez nous, donc, la franche canaille,
Et tout ce qui n'est rien qui vaille,
Comme avec affectation
De citoyen porte le nom :
De même que tout honnête homme
Ne craint pas de le porter, comme
Un titre de quelque valeur
Qui peut s'allier à l'honneur ;
Mais les consciences douteuses
Sont de beaucoup plus chatouilleuses
Sur ce point, et sont plus heureuses
Du nom de Monsieur, car, alors
Ça les relève..... au moins dehors.

Chez personnes voulant être parfaites
Quoique fort déshonnêtes,
Si vous voulez vous assurer jamais
Du fond toujours mauvais,
Parlez-leur donc de vengeance ou de haine ;
Cela les gêne.
On sent que ça leur va tout droit au cœur
Et leur fait peur.
Soupçonnez-les, soit d'indélicatesse,
Ou de scélératesse.
De toute leur force ils se récrieront,
Ainsi se trahiront.

Cerbère

Enée ayant voulu, dit-on,
Voir le royaume de Pluton,
Y rencontra Cerbère,
Et, pour le faire taire
Résolut de tenter
Enfin, de lui jeter
Un gâteau qui mit au silence
Ce chien d'une grande arrogance.
Au temps où nous vivons,
Parmi nous nous trouvons
Un chien de cette sorte
Aboyant à la porte
Des gens qui, de cet abruti
Voulant assouvir l'appétit,
Jettent à sa gloutonnerie
Sans en avoir beaucoup l'envie,
Un petit pain d'or bien pesant
Pour son tapage malfaisant.
Mais le nouveau Cerbère
Est moins facile en son affaire
Que celui du royame noir ;
Car sachant qu'il a le pouvoir
De s'imposer à beaucoup d'ombres

sombres,
Il ne se dira satisfait
Que quand celles-ci l'auront fait
Courber sous la lourde pitance
D'une abondante récompense.

Pour aller à l'enfer, je crois,
C'était plus facile autrefois.
Aujourd'hui l'on trouve sans doute
Bien des Cerbères sur la route,
En permettant l'entrée aux gens ;
Mais ils sont bien plus exigeants.

Nos Renards.

Certains renards tinrent conseil
Pour voir le plan le plus canaille
Qui donnerait le moins l'éveil
Aux sûrs gardiens de la volaille.
L'un dit : quant à moi, je ne vois,
Ma foi, de plan plus admirable
Pour les mettre tous aux abois,
Que d'accuser l'un d'eux coupable
De la discorde et des malheurs
Dont nous sommes les seuls auteurs.
    Ce conseil est très sage,
    Dit quelqu'un, dont l'image
    Dépeint toute l'horreur
    Des replis de son cœur.
Mais, dit-il, pour mieux faire croire
A cette mensongère histoire,
Il faudrait, d'un autre côté,
Leur créer une quantité
De blagues et de facéties,
De ce qu'on nomme enfin des scies.
    Bref, on critiquera
    Autant que l'on pourra
    Leur maintien, leur plumage,
    Et surtout leur langage.

Ainsi nous pourrons sûrement
Les croquer tous habilement.
Que l'âne chargé de la tâche
Soit fort courageux ou fort lâche,
Qu'importe ! alors c'est toujours bon.
Il suffit que sur un haut ton,
    Ce sot, ce rien qui vaille,
    Sans cesse rue et braille.
    L'avis fut fort goûté
    Et le moyen tenté.
Mais notre âne, dans cette affaire,
Ne put arriver à distraire
Le poulailler pendant le temps
Que les renards, en peu d'instants,
Essaîraient de plumer la poule
Sans la faire crier ; la foule
S'aperçut parfaitement bien
Qu'on l'a trompait, et n'en fit rien,
Sachant que contre la puissance
Folle est toujours la résistance.
Mais elle se souvint plus tard
De ce forfait à son égard.

Le mal est chose difficile,
Et le renard le plus habile
Ne parvient que bien rarement
A s'en tirer impunément.

Le Pacha, le Dervis, l'Ours et le Rustre.

Un pacha, bien gentil pacha.
— Il ne faut pas toujours pour ça
    La taille et l'éloquence.
Il suffit qu'à sa convenance
On ait un dervis bien prudent
Grand, si l'on veut, fat et pédant,
De ses amis comme promesse,
Serrant la main avec tendresse,
Et leur offrant pour tout bienfait,
Un salut élégant, parfait.
Et puis de se choisir un rustre
Quelque peu blagueur qui vous frustre
En cherchant à flatter votre esprit alléché
Par les danses et les tours d'un ours mal léché.
— Notre pacha parvint donc de cette manière
    A s'attacher mahométants
    Franc-maçons, juifs et protestants,
    Par quelque parade grossière
    De l'animal en muselière,
    Qui, seul, lui fournit le pouvoir,
    Par leur passive obéissance,

De venir sur leur dos asseoir
Les fondements de sa puissance.
Mais ce jeu ne sut pas longtemps
Captiver tous les assistants,
Et bientôt arriva cette heure
Où l'on sut que c'était un leurre ;
On vit qu'on en était pour son propre débours,
Que le profit était seul au maître de l'ours;
On abandonna donc l'ours tombant de fatigue
D'avoir longtemps dansé sa guigue :
On laissa près de l'ours, étendu sur le sol
L'autre brute qui le conduisait par le col.
Bien heureux si, dans cette affaire,
On ne leur lança pas la pierre
Pour avoir abruti par leurs propres deniers,
Et par des moyens bas, grossiers
Des gens ignorant que l'ambitieux peut être
Égoïste à ce point d'entraver leur bien-être.

Ah ! défiez-vous donc toujours
Du petit pacha, de son ours
Et de toute sa valetaille,
Car tout cela n'est rien qui vaille.

La main et la pierre

La pierre qui blesse est stupide,
Mais la main qui jette est perfide ;
Aussi le sage doit savoir
Entre l'une et l'autre bien voir
      Celle coupable
      Et punissable.
— Un jour à la pierre la main
Dit : Pourquoi donc sur le chemin
Rester en cet état paisible ?
Vraiment, il me serait pénible
De flâner ainsi comme toi ;
Tandis que tu peux, sur ma foi,
      Tant et tant faire
      Sur cette terre !
La pierre crut que ce conseil
Était si pur que le soleil
Et répondit, toute naïve :
— Oh ! je veux bien me rendre active ;
Mais, dis-moi donc comment je peux

Me rendre utile pour le mieux;
Me voilà prête ;
Commande, arrête.
— Donc, dit la main, tu me proposes
De me laisser faire les choses ?
— Mais, oui, dit la pierre. — Aussitôt
La main, sans ajouter un mot,
Saisit, lança la pauvre pierre
Vers un trop gênant adversaire,
Puis se cacha
Après cela.
La pauvre pierre fut traînée
Devant le juge, et condamnée
Pour avoir un jour attenté
A la vie, à la liberté
D'un citoyen ; et puis, la main.
En plaisantant, le lendemain.
Gronda la pierre
De s'être laissée ainsi faire.
C'était le comble de l'affront,
Et notre pierre, dont le front
Eut dû rougir, c'est concevable,
N'en fit rien ; elle crut coupable,
Seul l'adversaire de la main,
Laquelle ayant mauvais dessein
Lui fit accroire
Cette autre histoire.

> *Dans ce monde parfois trompeur,*
> *Quand on dit, d'un souffre-douleur,*
> *Malheureux ainsi que les pierres,*
> *On veut parler souvent de ceux*
> *Sacrifiant pour plus fins qu'eux*
> *Leur tranquillité, leurs affaires.*

Les deux Jésuites.

N'est pas jésuite qui le veut,
    Mais qui le peut.
On l'est par mauvais caractère,
Ou par sa doctrine sévère.
Je vais essayer le portrait
De l'un et l'autre par un trait,
Bien qu'un confrère, je suppose,
Pourrait vous dire quelque chose
    De plus complet
    Sur ce sujet.
— De deux jésuites dissemblables,
L'un était vêtu tout de noir,
Et les gens même peu capables,
Pouvaient en ses actes bien voir,
    Et tout de suite,
    Un vrai jésuite ;
Car il s'affichait au grand jour,
Sans défiance et sans détour.
Mais l'autre cachait sous l'astuce.
Comme une tête sous capuce,
Son dehors douteux, ses penchants
    Vils et méchants.
Pour les voiler à certain monde,
Cet être, d'ailleurs fort immonde,

Se montrait à l'occasion
D'exemplaire dévotion,
    Et le drôle,
Afin de mieux jouer son rôle,
Disait n'avoir vu sous les cieux
D'homme plus faux, plus dangereux,
Que le jésuite en robe noire,
Dont je vous ai conté l'histoire.
   — Si donc, aux gens bien sérieux
Je demandais lequel des deux
    Est le jésuite,
Je suis convaincu que bien vite
Ils répondraient sans se tromper :
C'est celui qui cherche à duper.

Vrai jésuite n'est pas à craindre,
Car il ne saurait jamais feindre.
Du faux jésuite il faut toujours
Vous défier des mauvais tours.

Les deux Cannois.

Deux cannois cheminant ensemble
N'avaient pas même opinion.
Il n'est pas rare, ce me semble,
De trouver la désunion
Parmi des hommes voulant être,
A tort ou raison, tous deux maître.
Mais, par hasard, nos deux cannois,
Par leur colloque, cette fois,
Acquirent enfin connaissance
De la détestable influence
Qui, les mettant en désaccord,
Les menaçait d'un triste sort.
C'est bien ce que j'ai cru comprendre
Dans tout ce que j'ai pu surprendre
De leur raisonnable entretien
Que je transcrits tant mal que bien.
— C'est égal, disait, tout colère,
Le plus ardent des deux, j'espère
Que la république fera
Cannes prospère : on le verra.
— Je ne hais pas la république,
Dit l'autre, mais je te réplique
Que je préfère Cannes, moi,
A cette république, à toi.

10

— Tout vrai cannois doit, c'est logique,
Être enfant de la république.
— Moi j'aime être avant tout cannois,
Et cela vaut bien mieux, je crois.
— Tu n'est que d'étroite pensée.
— Une politique effacée
Ça vaudrait bien mieux au pays
De Cannes, que ses faux amis
Ont ouvert à la convoitise
D'ambitieux que je méprise,
Parce qu'ils nous sont étrangers,
Et que parmi tous les dangers
De la discorde et l'impuissance
Ils nous traînent avec constance,
Afin de mieux nous échiner,
Et de pouvoir nous ruiner
Par quelques malheureux faux-frères
Qui s'engaissent de nos misères.
— Et tu crois, toi, qu'il est plus doux
De choisir des maîtres chez nous.
— Ah ! mon ami, tu ne vois guère
Ce que la soif de l'or fait faire.
Et quant au maître, à la merci
De qui nous sommes, sache ici,
Qu'étranger, jamais de la vie,
Chez ses voisins put dominer,
Sans être obligé d'y mener

La discorde et la jalousie.
— Et cependant, si tu permets...
— Jamais ! o mon ami, jamais !
— Mais enfin, quelle en est la cause ?
— Oh ! mon cher, c'est facile chose.
Voici pourquoi : c'est qu'en pays
Où les citoyens sont amis,
On s'empresse de faire usage
De la liberté comme un sage,
Regardant comme un grand devoir
D'élever au plus haut pouvoir
L'un des siens, dont la connaissance
Donne le plus de confiance ;
Et nul étranger n'y saurait
Être préféré s'il n'y fait,
A l'aide de quelque fredaine,
Semer la discorde et la haine,
Pour dominer, par ces moyens,
Chez ces malheureux citoyens.
— Mon ami, dit l'autre, en l'affaire
Je n'ai jamais vu le contraire
De ce que tu dis là : je crois
Que tu dis vrai pour cette fois.
— Le premier aussitôt réplique :
Crions : vive la république !
Mon ami, c'est de très bon goût ;
Mais aussi, crions avant tout,

La main dans la main, sur les mânes
Des nôtres : vive à jamais Cannes !
 — Ce qui fut dit fut fait.
 Dès lors, l'accord parfait,
 Rétablit l'espérance,
 Avec la confiance
 Chez ces cannois d'accord
 Désormais sur leur sort,
 Attendant l'heure utile
 Pour voir, par l'un des leurs,
 De leur charmante ville
 Chasser les oppresseurs.

Songez que parmi vous le pire,
Quand il s'agit de protéger
Vos biens, vaut mieux qu'un étranger.
Donnez à ce dernier l'empire
Sur vous, vite, il s'en servira
Pour son bien, et puis ce sera
Pour celles de ses créatures
Vous trompant par leurs impostures.
Votre tour viendra, vous dit-on ;
Y compter serait être bon.

Le Fruit mûr

L'arbre éprouve ses changements
Comme un peuple ses virements.
Un arbre — Dieu longtemps le veuille ! —
Avait repris nouvelle feuille,
Et, tout autant fécond que vert,
De fruits il s'était recouvert.
    Or, juste sur la cime,
    Au milieu d'un régime,
    L'un d'eux semblait régner
    Et vouloir dédaigner
    Tout son humble entourage
    Abrité sous l'ombrage.
Il paya cher sa vanité,
Car il se vit tant maltraité
Par vents de toutes provenances,
Et par les rayons fort intenses
D'un soleil brûlant au printemps,
Qu'il tomba mûr avant le temps.

Un administrateur,
C'est comme fruit ou fleur ;
Ça murit lentement ou vite
Et cela tombe à l'heure dite.

L'Anglais

Les anglais sont conservateurs ;
Ils n'aiment pas les destructeurs.
Un jour, un de ces sages passe
Gaîment sur une belle place,
En paraissant fort enchanté
D'un monument très bien planté ;
Et puis, un peu plus loin, par contre,
Tout à sa surprise il rencontre
Un palais de même valeur
Qu'on détruisait avec fureur.
— Aôh ! s'exclame-t-il de suite,
En voyant pareille conduite,
Qu'est-ce donc que ces gens font-là ?
Holà ! policemen, holà !
Ce sont des radicaux, je pense ;
By god ! quelle triste engeance !
Qu'on les conduise à Charenton !..
Eh ! quoi ? que ne se presse-t-on ?..
— Sitôt, une bande en colère,
Entoura le noble insulaire,
Que l'on menaça d'étrangler
Pour s'être permis de parler

D'une façon si libérale
De la famille radicale.
Pour cette fois, on lui promit
Pardon, pourvu qu'il se soumît
— A moins de se voir mettre en broche —
A vider tout l'or de sa poche,
Pour payer gras l'émolument
Des destructeurs du monument.
Mais l'anglais se croyant en droit,
Leur répondit avec sang-froid :
— Aôh ! si j'ai bien souvenance,
J'ai déjà payé redevance
Pour faire la construction
Qu'on met en démolition,
Et si j'ai donné pour construire,
Je ne puis payer pour détruire !
— Il en était là de la chose,
Quand pour lui l'on prit fait et cause.
Qui fut-il ?.... Disons en un mot,
Que le gentlemen aussitôt
Obtint la liberté facile
De rester dans la foule vile,
Ou de s'en écarter bien loin.
Dans ce cas, il n'est pas besoin
De dire ce qu'il pensa faire :
La chose est parfaitement claire.

Gens modérés et radicaux
Ne sauraient vivre en mêmes eaux :
L'un est mendiant, l'autre est riche ;
L'un a l'honneur, l'autre s'en fiche ;
L'un amasse et construit partout :
L'autre dissipe et detruit tout.

Les Défauts

Connaissez-vous le pays,
        Mes amis,
Où le flot est toujours calme,
        Où la palme
Du désert vient vous servir
        A ravir
De la douceur de son ombre
        Demi sombre ?
Où l'on peut, à son réveil,
        Du soleil
Se baigner au rayon tendre,
        Et s'étendre,
Nonchalamment près la mer,
        Joyeux, fier,
Sous un tel climat de vivre,
        Où s'énivre
L'âme d'un charme divin
        Et sans fin !?..
Eh ! bien, mes amis, je veux dire
Que dans ce pays qu'on admire,
On peut voir des gens comme ailleurs,
Lesquels ne sont pas des meilleurs.
— Disons vite, pourtant, que l'homme

S'y trouve honnête et bon, en somme,
Et, pour être plus régulier,
Je vais parler au singulier ;
Je serai plus clair en mon conte,
Et beaucoup plus juste, je compte.
  — Un pékin, de rage outré,
  Bien plus méchant que lettré,
  Car il se mêlait d'écrire
  Dans tel journal, et c'est dire
  Qu'il était républicain
  A la mode d'un pasquin,
  Ne croyant à Dieu ni diable,
  Et vivant comme en étable.
  Le drôle de pistolet,
  En ses ennemis voulait
  Voir tout imparfait. Je pense
  Qu'avec la grande distance
  Entre honnêtes gens et lui,
  Il devait voir en autrui
  Tout en mal. — Or, cette affaire
  Aigrit tant son caractère,
  En voyant son ennemi
  Ne vouloir, même à demi,
  Faire cas de sa critique,
  Qu'il en fut épileptique,
  Et, pour finir, fou, mais fou
  A supporter un licou,

Amusant la *galerie*
Dans ses instants de folie,
Et frappant ainsi qu'un sourd
Méchant, hargneux et balourd,
Des pieds, des poings, l'athmosphère,
Quand il était en colère.
Vous allez encor le voir
Dans quelques jours s'émouvoir
Et courir à travers rue,
Ainsi qu'un âne qui rue,
Pour remplir l'air de ses cris,
Parce que je vous décris
Son état fort déplorable,
Et vous verrez, c'est probable,
Comme un sot est irrité
Quand on dit la vérité.

S'il est des défauts chez les autres,
Gardez-vous de les critiquer,
Avant que de vous appliquer
A corriger d'abord les vôtres.
Par l'un, vous êtes sot et gueux,
Par l'autre, un homme sérieux.

L'oursin et le Radical

Un radical, quelque matin,
Allait déjeuner d'un oursin,
Quand celui-ci dit : — Belle affaire,
Que de croquer ainsi ton frère !
Mais cela, c'est un acte affreux !
Les loups se mangent-ils entre eux ?
— Ah ! ah ! qu'elle surprise étrange !
Répond l'autre ; mais je te mange,
Malgré ton flatteur compliment,
Fusses-tu vraiment mon parent.
— Mais, tu n'en as pas même un doute ?
Eh ! bien, dit notre oursin, écoute !
Ces motifs justes et profonds :
Ne vis-tu pas dans les bas-fonds ?
Par ton dehors, à ton semblable,
Dis, n'es-tu point inabordable,
  Comme moi ?
  — Sur ma foi,
On ne saurait trouver sur terre
De ressemblance plus entière,
Dit le radical stupéfait,
Et c'est justement ce qui fait

Qu'à l'instant même je t'immole,
Pour justifier la parole
Qui se dit sur nous en tous lieux :
« Ils se dévoreront entre eux. »

Dans le clan de la radicaille
Aucune parenté qui vaille.
Es-tu plus faible ? livre-toi ;
Es-tu plus fort ? dévore-moi.

Les Pilates

D'un caractère peu robuste,
Désirant pourtant être juste,
Pilate se lava les mains,
Croyant ainsi chez les humains
N'être pas regardé coupable
D'une action épouvantable.
   Or, de quelque pays
   Les maîtres sont épris
   De ce moyen facile
   Chez personne fort vile,
   De récuser tel fait
   Sans en avoir cœur net.
   Même parfois l'on trouve
   Que certain désapprouve
   D'un air fort indigné
   L'acte qu'il a signé.
Et cependant en république
Difficilement ça s'explique,
A moins que pourtant ces oiseaux
Soient jésuites ou radicaux ;
Ce qui fait, personne n'en doute,
Et même mie et même croûte.

Faisons nos actes au grand jour,
Avec franchise et sans détour,
Car autrement c'est être lâche.
Est le coupable qui s'en fâche.

Le grand et le petit Conseil

Il arrive souvent que dans une assemblée
  Se trouve entremêlée
Une foule de gens, des bons etdes rebuts,
  Ayant différents buts.
Or, dans certain pays cette dernière sorte
  Est en forte cohorte,
Et voilà ce qui fait qu'on les a vus oser
  Bien souvent s'imposer
Au maître qui, par eux, prend en main la houlette
  Pour marcher à leur tête.
  Et voici comment on s'y prend :
  La veille d'un acte on se rend
  Incognito dans la boutique
  D'un homme en cela fort pratique,
  Et là, comme les ignorants
  Font le plus nombreux des deux rangs,
  Quelqu'un leur expose la chose
  Qu'on ne discute pas, pour cause,
  Et sitôt l'unanimité
  L'adopte au cri de liberté.
  — Mais la liberté n'a que faire
  Bien souvent dans pareille affaire. —
  On quitte en se serrant la main;

Puis, au conseil, le lendemain,
Quand là-dessus prône le maître,
On fait signe de se soumettre ;
Mais quand arrive le scrutin
Chacun dépose un bulletin,
Dont la totalité vient faire
Adopter un projet contraire ;
Et le maître mystifié
Reste d'un air stupéfié ;
Pourtant, sur leur ordre il appose
Vite son paraphe à la chose.
C'est ainsi que toujours, sans donner trop l'éveil,
Certain petit conseil domine au grand conseil.
Mais on demandera, sans doute, avec instance
Quel est donc ce petit conseil dans le silence
Élaborant, le soir, dans un taudis impur,
Pour dominer au grand conseil un moyen sûr.
Eh ! mais ces aréopagites,
Dira-t-on, ce sont des jésuites !
On se trompe, c'est mieux que ça :
Ce sont des radicaux, ceux-là.

Défiez-vous, quand telle engeance
Brutale et tapageuse pense
Aux complots infernaux la nuit,
Et les exécute sans bruit.

12

L'âne et les Bandits

Des bandits, ne sachant comment
User de leur dernière fiche,
Pour entrer clandestinement
Dans une maison neuve et riche,
    Songèrent tout-à coup
    Qu'il se pourrait beaucoup
    Qu'un âne voulut faire
    En ce cas leur affaire.
Ils choisirent donc un baudet
Qui, tout rêveur, par là ròdait,
Et lui promirent de le mettre
A leur tête comme leur maître.
    L'animal, plein d'orgueil,
    — De l'orgueil chez un âne ! —
    Accepta d'un clin d'œil,
    Et marcha comme un crâne
A la tête de ces bandits,
Eux-mêmes vraiment interdits
De le voir servir à la cause
D'une aussi détestable chose.
    Ce beau jeu ne dura
    Que juste jusqu'à l'heure
    Ou le baudet entra

Dans la dite demeure.
Car dès qu'avec le secours du grison,
Ils furent bien maîtres de la maison,
Nos bandits lui réclamèrent de suite
De diriger une injuste poursuite
Contre les gens qu'on venait de chasser,
Au lieu de les laisser en paix passer.

C'était une très grave offense,
Et notre âne, avec répugnance,
L'accorda bien à contre cœur
A son entourage vainqueur.

Ce point conquis, la troupe avanturière,
Toujours poussée au désir de mal faire,
Rendit notre âne injuste, méchant, faux,
En le menant aux plus mauvais défauts.

Il dut donc exécuter l'ordre
De semer partout le désordre,
De mépriser les indigents
Et de haïr les braves gens.

Ce n'est pas tout : les bandits, dans l'affaire,
Voulant détruire un gênant adversaire,
Voulurent que l'âne, de son trépied,
Lui déchargeât de rudes coups de pied.

L'âne, on le voit, n'était plus maître ;
Il lui restait à se soumettre ;
C'est ce qu'il fit tant bien que mal,
Et comme le pauvre animal

N'avait pas su briser le crâne
A l'adversaire, on chassa l'âne,
Comme incapable, à tout jamais,
D'être le maître désormais.
L'âne abandonna donc la place
Et s'en alla l'oreille basse,
Honteux et confus de se voir
L'auteur d'un si triste pouvoir.
Haï de tout l'honnête monde,
Par lui mis en peine profonde,
Et méprisé par les bandits
Que trop tard il avait maudits.

*Ce n'est pas chose difficile
De rencontrer quelque imbécile
Capable de mener à fin
Un abominable dessein.*

L'Eucalyptus et le Radical

On avait planté sur le cours
Un eucalyptus très vivace.
Dès ce moment, aux alentours,
De radicaux on ne vit trace.
On paraissait s'en étonner,
Quand quelqu'un dit sans tâtonner ;
— Eh ! mais ces deux productions
Ont de contraires actions ;
L'un désinfecte, l'autre empeste ;
L'un fait bien et l'autre est funeste.

Les agneaux hantent-ils les loups
Et les fauvettes les hiboux ?

Les deux Voisins.

Des amis, un jour possédaient
Locaux voisins et s'entr'aidaient
Pour en tirer tous biens possibles
En les louant à gens paisibles.
Mais pour l'or leur avidité
Vint les mettre en hostilité,
Et, dès lors, leur triste querelle
Devint source continuelle
D'inquiétudes, de chagrins
Et de pertes de leurs florins.
    On avait beau leur dire :
      — Mais cela va détruire
      Votre tranquillité,
      Vos biens, votre santé !
      Car aucun locataire
      Ne saurait plus se plaire
      Dans pareille maison
      D'où s'enfuit la raison.
Et nos pauvres propriétaires
Avaient aigri leurs caractères
Au point de ne vraiment plus voir
Ce que l'avis pouvait valoir.
Ils ne virent fort bien leurs fautes

Que lorsque presque tous leurs hôtes
A regret se furent permis
De chercher un autre logis.
    Nos deux voisins, sans doute,
    Virent dans quelle route
    Les avaient engagés
    Leurs actes enragés,
    Et, du jour qu'ils en furent
    Bien assurés, ils crurent
    Sur leurs pas revenir
    Pour voir tout refleurir.
Mais il était trop tard, car faire
Retourner une bonne affaire,
N'est pas si facile qu'on croit,
Et cela rarement se voit.
Or, certaines gens devraient croire
Bien fermement à notre histoire.

    Donc toujours
    De nos jours,
Quand il s'agit de bonne affaire,
On devrait toujours savoir taire
Ses désirs, ses opinions,
Même ses justes passions.

Le Pied et la Main

La main nous sert à chose délicate :
Le pied est fait pour porter la savate.
Des radicaux ce dernier fait l'effet :
L'autre ressemble au modéré parfait.
 Un jour le pied rempli de boue
 Osa faire à la main la moue,
 Et refusa son action
 Au corps voulant la motion.
 Il prétendait, tout en colère,
 Qu'il était aussi nécessaire
 Que la main qu'on lui préférait
 Pour toute chose ayant attrait ;
 Tandis que pour lui, sans vergogne,
 On réservait sale besogne.
 Or il cria, tempêta tant,
 Qu'on lui donna pour un instant
 De la main la besogne entière.
 Il tint le couteau, la cuillère ;
 Il portait fleurs, bagues et gants,
 Et prenait des airs élégants.
 Mais sa démarche si nigaude,
 Et son approche peu commode
 Firent qu'on ne put qu'un moment

Le supporter patiemment.
De plus, le corps n'était plus libre,
Par faute d'un juste équilibre.
— Car jamais à la main il sied
De remplir la tâche du pied. —
Le corps fut donc, cela s'explique,
Dans un état vraiment critique,
Dépérissant de jour en jour.
Il fallut bien faire retour
A l'état primitif des choses
Pour éloigner du mal les causes.
C'est ainsi que les tristes radicaux
Qui se croient tous à leurs voisins égaux
Pour ce qui tient à l'esprit politique,
Veulent sortir de la chose pratique.

Rappelons-nous donc constamment
Que parmi les gens s'escrimant
Sur la machine ronde,
Chaque sorte de monde
A son rôle tracé,
Et quand un insensé
S'écarte un instant de sa route
Il ne produit que trouble et doute.

L'Auteur et le Critique

Un fugitif de chez les fous
Blâmait envers et contre tous,
Par ses écrits et ses manœuvres
L'auteur de bien charmantes œuvres.
Il n'a point de talent, dit-il ;
Tout ce qu'il fait est plat et vil,
Et dans un style fatidique.
On écouta le fou susdit,
Et puis, quelqu'un lui répondit :
De ces œuvres, ô fat critique,
Vous qui vous montrez mécontent,
Faites-en seulement autant.
Et notre critique hypocondre
Tourna le dos sans rien répondre.

Des hommes méchants et jaloux
Avec franchise approchez-vous,
Et demandez-leur sans ambage
D'exhiber talent et courage,
Comme ces chevaliers félons,
Ils vous tourneront les talons.

Le Moustique

Quoiqu'il soit chez nous à la mode,
Le moustique est fort peu commode :
Mais il va mieux à supporter
Qu'un animal qu'on doit traiter
Avec une prudence extrême,
Et pis que le moustique même ;
    Or, cet autre animal
    Se nomme radical.
    Au moyen de ses vices
    Et de ses artifices
    Il est bien plus puissant
    Pour vous sucer le sang.
    Près de vous il pénètre
    En vous prenant en traitre ;
    Puis, lorsqu'il s'aperçoit
    Qu'on l'entend ou le voit,
    Il se cache bien vite,
    Ou sitôt prend la fuite :
Tandis que le moustique, au moins,
Vous avertit avec grands soins,
Ainsi qu'une franche canaille,
Quand il vient vous livrer bataille :

A fuir il ne saurait songer
Que quand il est en vrai danger.

C'est encore une preuve claire
Que des êtres vivant sur terre
L'homme qu'on dit venir des cieux
Est de tous le plus vicieux.